好想消失
的日子

新增彩蛋版

文・圖 Nina Kim 金鎮率
翻譯 王品涵

prologue

到此為止 ……

我……該怎麼辦？

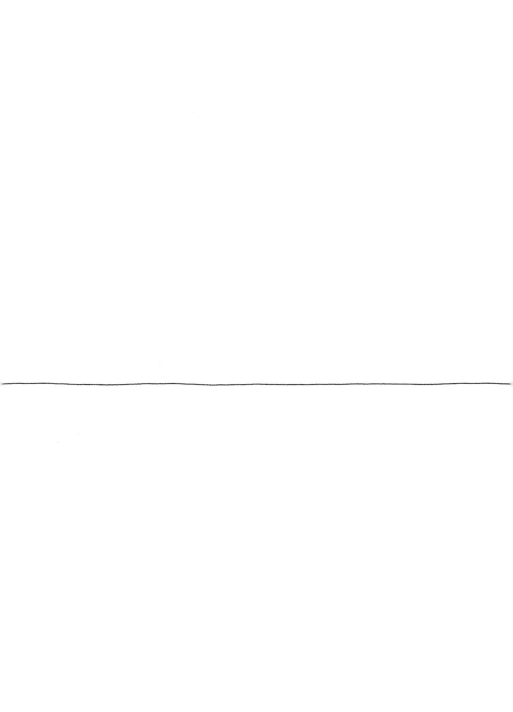

今天，好想消失得
無影無蹤。

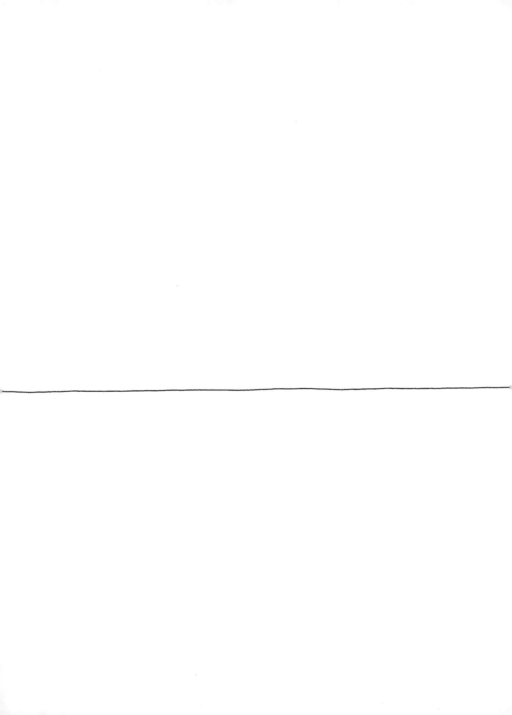

咚！

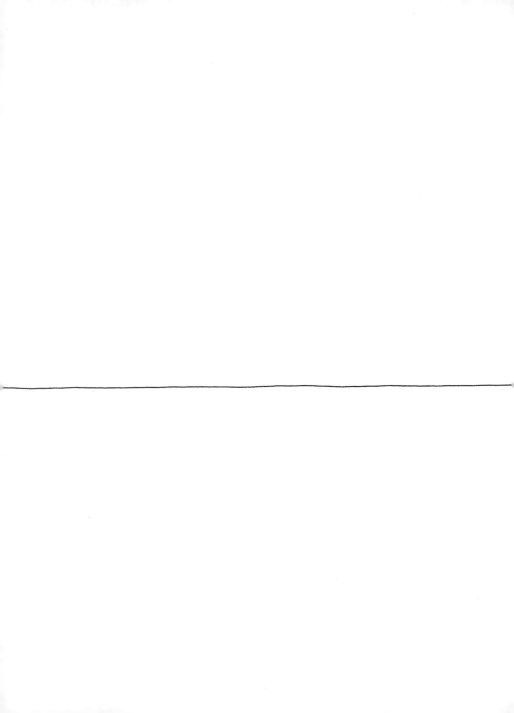

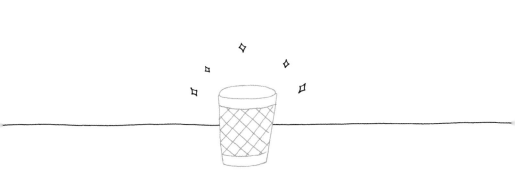

「這本書，是我希望以自己的孤獨撫慰大家的孤獨，而創造的祕密基地。當難受與疲憊的時刻來臨時，衷心希望大家都能跟著主角一起，把自己不著痕跡地藏進這本書裡，喘口氣，休息一下。」

Nina Kim 金鎭率

旅遊秩序

One.

撞牆

眼前，

　　好黑……

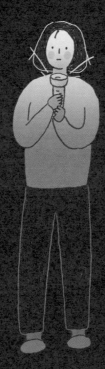

眼前發黑

「繼續像這樣下去，也沒關係嗎……？」

時不時席捲而來的茫然，
置身伸手不見五指的漆黑深處，
只有我獨自一人，被囚禁在迷失方向的不安。

身邊的人們，結婚的結婚，生子的生子，
一切的一切，咻——一聲般，那樣順遂。

眼見朋友們個個按部就班完成了生涯規劃，
不禁讓我重新回頭檢視自己的人生方向，
歸根究柢，到底是誰操縱了一切……？

每當面臨這些時刻，
眼前，漆黑一片，
轉瞬，絢爛耀眼，
不斷重複。

蜉蝣

就算「人生只有一回」，

所言無誤，

卻每每在勇往直前地衝撞後，換來難以承受與洩氣不已的失落。

於是，不免開始感到懷疑，

究竟，我是否能承受自己的選擇所帶來的結果呢？

活到此刻，不曾完成什麼，

不曾擁有什麼，

不知為何，只覺得是場充斥著萬般無奈的人生，

感覺彷彿變成了只能匆匆存活一天的蜉蝣。

明明已經很努力在過日子了……

我，難道還不夠拚命嗎？

恨，吞噬了我

渴望當一個「好人」的心態，
再小的約定也得遵守的想法，
盡量不選擇以衝撞的姿態。
面對任何人，都想成為一個隨和、敦厚的人的念頭……
曾有過的種種情緒，

被「人」綑綁，
被「事」暗算，
面對人事物的初心，
剎那變質。

「為什麼要對我這樣？」
「為什麼我明明很生氣，卻不能表現出來？」

隨著一而再地反問自己，再而三地拉長忍耐時間，
恨意，漸漸膨脹，
埋藏內心的迷宮，也隨之變得複雜。

複雜的我的內心迷宮

今天的我，依然拚了命狂奔，只為了不被憎恨某人的情緒逮住。

恨，從何而生？

法輪法師曾說：

「『恨』的情緒，源自於認為自己是『正確的』。」

換句話說，只要對方不符合自己設定的標準，便憎恨對方。

或許真是如此。

連微不足道的約定都要拚了命死守的人生，逼得自己喘不過氣；

沒必要非得成為每個人都喜歡的人；

人生在世，某些「必要」的時刻，確實存在衝撞的「必要」。

不過，知易行難，

當憎恨某人的種子早已在內心萌芽時，

如果不去找出種子所在，使其適當發洩後，再獲得撫慰的話，

如毒氣般裊裊竄升的恨意，

終會在瞬間茁壯，一口將我吞噬，

從此失去自己原來的模樣。

我本來憎恨的，

明明是那個人……

孤單的重量

無精打采地完成迫在眉睫
的大小事，
一整天的時間，
就在眨眼間度過了。

逐漸漆黑的殘夜，
拖著沉重的步伐，
驟然，孤單如海嘯般排山
倒海而來。
於是，翻了翻口袋，掏出
手機。
「聯絡誰好呢？」

雖然有些經常聯絡的朋友，卻抱持著「或許還有其他人可以聊聊」的心態，打開了通訊錄。從ㄅ滑到井，最後，仍返回了最常聯絡的朋友1。

嗯……

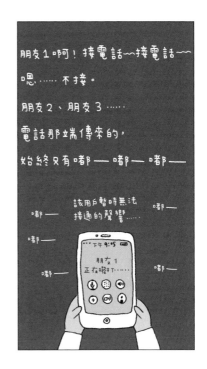

朋友1啊！接電話～接電話～
嗯……不接。
朋友2、朋友3……
電話那端傳來的，
始終只有嘟—嘟—嘟—

嘟—

該用戶暫時無法接通的聲響……

嘟—

嘟—

嘟—

唉……

無可奈何，
只能把「孤單」當成朋友，一起回家。

想著疲憊、孤單時，沒有半個朋友能聯絡，
「我……用這樣的方式活到現在，對嗎？」
不斷浮現疑問句的夜晚。

想著「除了我，大家都過得很忙」，
潸然淚下的那些時刻。

想消失得無影無蹤的日子。

生活憤怒

沸騰

呃~~~~

一切的一切，石平！

一點一滴腐蝕我精神健康的，

日常生活中的憤怒導火線們！

不管三七二十一發火，只會讓狀況變得更糟；

畏懼遭到報復，只能選擇緘默。

瑣碎的憤怒，日積月累……

然而，真正的勝利，

並不是戰勝對方，

而是給予對方適當反應，內心情緒卻能不為其所動。

沒錯，既然是自己無能為力的事，

氣了也是白氣，不需浪費自己的能量，

只需走自己的路。

等等！還是得先罵句髒話，

「真是 ×××× ！」

必須忍耐……

確確實實藏好……

心，無處可去

人生在世，
總有某種情緒，甚至連擺在心裡都覺得吃力。

討厭為了微不足道的事團團轉，
討厭受傷，
不想感受任何情緒，
不想被發現自己那狼狽的內心，

於是，唰——的一聲，挖掉那個名為「內心」的傢伙，
然後，確確實實地藏在一個連自己也找不到的地方。

然而，翻箱倒櫃，
卻怎麼也找不到可以安置「內心」的地方。

針尖上的人生

緊湊乏味的生活，今天仍然持續著。
只能用著模糊不清的視力，笨手笨腳地把線穿過針孔後，
佇立其上。

不知從何時開始，日常生活變得如此令人不安。
明天仍然得想盡辦法，
把線穿過小小的針孔。

如坐針氈的一天，
如履薄冰的時刻。
哪怕是如此鬆散且焦躁的日子，只要一天接著一天，將它們緊密縫合，
或許，我也能產生些許獨自佇立的信心吧？

獨自膽顫心驚地佇立針尖

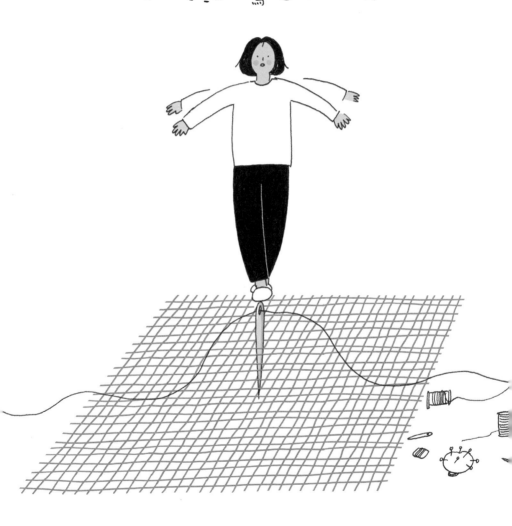

PROBLEM

無時無刻不壓迫著我的，
問題！問題！

無論再龐大，
無論再沉重，

總會過去的。

終究成了反覆記號

do re mi fa sol la si~♬♪

原本描繪著一度、一度，越來越高音階的我的人生，

不知從何時開始，停在了同一鍵。

do do do do do do

昨天就像今天，今天又像明天，
毫無新意卻又嶄新的此刻，

每天都過著 'do' 的人生

時光流逝。忽然，有人丟進了一顆石頭，嘩啦啦——
興高采烈地譜出忽高忽低的內心音符。

然而，直到此刻我才明白，
即使興奮得像是突然又長高幾公分，
即使辛苦得像是遭逢了什麼壯烈事，
人生，終究會像遇到反覆記號一樣，歸於平靜。
既新鮮，也煩悶，一紙無止境反覆的人生樂譜。

‘⊝’的人生

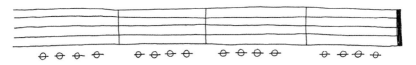

⊝只要在日復一日的我的日常生活

丟進一顆石頭

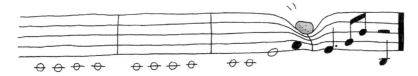

I Will Be Back

唰啦唰啦～
在銀行最常聽見的碎紙聲。
為了隱藏那些被別人知道會出大事的祕密情報，
為了掩蓋被別人看到會感到羞愧的存款餘額，
必須粉碎得一乾二淨，讓誰也無從得知。

真希望我內心的羞愧、狼狽，
也能唰啦唰啦地被粉身碎骨，
直到再也不必看別人的眼色。

我……好想重新投胎！

時空移動

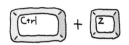

亂七八糟的一天。

假如我今天可以做得再好一點，
假如我可以慎重地再多想一次，
想必就不會這麼後悔了……

困在這種情景，輾轉難眠的清晰夜晚。
此刻，就連踢被子，也使人覺得厭煩。
好需要俐落地剪掉不如意的一天，
轉身丟進一個能收納它的垃圾桶。

「您確定要丟掉今天，回到昨天嗎？」

Yes!
Yes! Yes!

每個人都有黑影

有光之處，
必定存在影子。

夕陽西沉，黑夜降臨，
明明消失了，卻又若有似無地，
緊緊跟隨在旁的黑影。

當這道名為「人生」的光，
開始散發光芒之際，
便靜靜出現，
牢牢環抱著我，
亦步亦趨跟隨的黑影
與所有人都得獨力支撐人生重量
的模樣，
好像。

Two.
力不從心

好累，好累……

倒不如索性選擇毒蘋果算了！

空中解體

週末假期，趕著完成堆積如山的工作，
偶爾出席紅白事，
悉心準備不容錯過的朋友生日，
隨時隨地確認收件匣，
持續發出聲響的 SNS 通知……

鞠躬盡瘁完成職場給予我的責任與工作，
只為證明自己也是這個社會的一分子；

竭盡全力維持日常出現的每一段關係，
只為一心想要成為受人喜歡的人。

事事盡心、盡力，
剎那間，成為了似我非我，
一個連自己都不認識的我。

有時候，
只想一口氣拋下那些纏繞著我的一切，
頭也不回地，遠走高飛。

無止境的待辦清單……

瘋狂工作的時期

祈禱今天也能風平浪靜地……

現在的我，身在何方？

不做他想，
只顧著勇往直前，忽然，出現了一個念頭：

什麼在盡頭等著我？
卻什麼也想不起來，
明明應該會有個什麼東西的……

萬一，攻頂後才發現空無一物，怎麼辦？
繼續往上爬，對嗎？

想要就此放手，卻無從鬆開手中的繩索。
一旦鬆手，
勢必會有數不盡的窮凶極惡之事鋪天蓋地淹沒我……

生金蛋的鵝

在 SNS 世界裡，有著格外多的有錢人和帥哥、美女。
和進口車合照一張，喀嚓！
在高級飯店的咖啡廳，喝一杯比餐點還昂貴的咖啡，
然後優雅地自拍一張，喀嚓！

像三魂不見七魄般，呆望著照片裡閃閃發亮的人們之際，猛然回神，
驚見那個羨慕、嫉妒著根本不知道對方是誰的自己。

感覺自己如此微不足道的此刻，
得用最快的速度拿出畫筆，
唰唰唰，畫下一隻會生金蛋的肥鵝，

以及能像是變魔法般完成所有願望的神奇金蛋，
用以填補空虛的心……

朝著閱讀本書的所有人，
丟擲一顆金蛋！

禮拜天夜晚的心情

啊！禮拜一出現了！！！

今日炸彈！

滴答～滴答～滴答～滴答～

SUN. p.m. 02:00

帶著睡得飽過頭的水腫雙眼，起床。
下定決心，今天絕不盥洗！

p.m. 05:00

摸了摸響也不響的手機，
然後黏在電視前，以癱坐姿態「博覽」
各大綜藝節目。

砰 砰

石平

現在，宣告「今天」正式開始。

一把鼻涕一把眼淚地看完連續劇，接著再為搞笑節目捧腹大笑。

無限循環上述行徑，直到再也沒有節目看為止。

一天，過了。

啊……這個週末，什麼也沒做。

「下個週末要搞定一直沒完成的大掃除，
然後悠閒地到咖啡廳，看看書！」
就在擬訂如此充實的計畫中，沉睡。

石平

石平

拼命拖延到
最後一刻

無止境炸彈拋擲任務!!

SANDWORK

今天依然抱持著餬口飯吃的心態，
一口咬著 SANDWICH，咬牙解決 SANDWORK。

烤吐司，

塗上「資料調查」，

塗上「商品提案」，

塗上「設計提案」，

加點「修訂」，

再加點「修訂」，

為了滿足甲方的要求，無限量添加「修訂」後，∞

蓋上另一片吐司，

SANDWORK 完！成！

疲憊工作的逗號

真正懂得喝酒，是什麼時候的事了？
第一次嚐到酒味時，
著實被那股又苦又刺激的酒精味，嚇了一跳。
「到底為什麼要喝這種東西啊？」

不知不覺間，時光流轉，
五花肉旁的雪碧位置，被燒酒取代，
披薩身邊的不是可樂，而是啤酒！
步出桑拿，最先想起的不是優格，而是香檳。

看來「失去一樣，便會獲得另一樣」，所言不虛。
懂了煩厭社會的人生苦味後，
也懂了美酒的甜味。

一整天都在積累壓力的日子、
既下雨又心情欠佳的日子、不想清醒的日子，
將自己託付給苦——澀的燒酒，
踉蹌的心情，似乎也沒那麼糟了。

跌進酒壺的日子，
是我為疲憊身心靈畫上的逗號。

時間啊！別走！

「青春這玩意兒真是妙不可言，
外部放射出紅色的光輝，
內部卻什麼也感覺不到。」

正如沙特所言，當你置身任何事物其中時，
根本無法感知其價值。
就像我放射著紅色光輝的時期，
我唯一的擔憂，是放射著紅色光輝的青春痘。

時至今日，
我曾經看似永無止境的青春年華已經消失無蹤，
曾經澎潤的皮膚，也以飛快的速度失去彈性，
剩下的，僅是名為「皺紋」的歲月痕跡。

時間啊！
別走……

時鐘是很冷酷的，

恍似用針戳它一下，也不會流出一滴血般。

滴答、滴答，只要身手俐落的秒針勤快地轉一圈，

泰然自若的分針也跟著一格、一格移動一圈後，

時針這才用著有些不著痕跡的腳步，輕輕移動。

當這三枝針規律地按照各自的步伐移動，

時間，便不經意地，流轉。

時間，究竟是從何處被創造的？

在難以數計的時間裡，

我那些過去了的時間，又消失到哪裡了？

好想質問時鐘，

它卻只是如常悠悠地繼續完成自己的工作。

假設我只剩下十年，該做些什麼呢？

萬一只剩下一年呢？

一個月？一星期？

如果只能給我一天，

我又想做什麼呢？

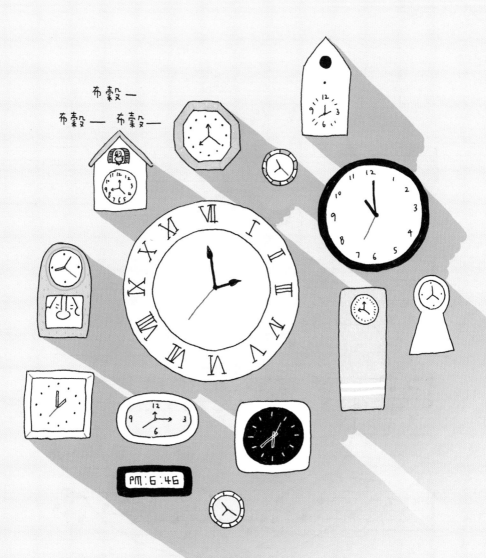

布穀一
布穀— 布穀—

PM : 6 : 46

滾輪

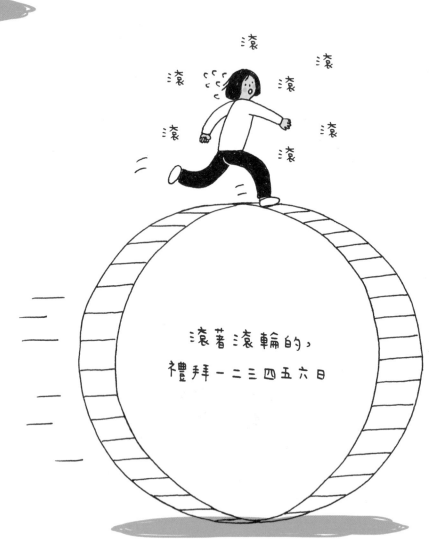

脫離！

現在是不是……
肩膀掛著兩塊頸枕，
正在打字？
或是狂按滑鼠直至手指抽筋，只為完成工作？

那麼，
現在請立刻以光速起身，
將全身上下的神經都集中在右拳。

接著默唸咒語：
「我可以飛，我可以飛，咻咻咻～」
一眨眼，已經降落在蔚藍大海！

迎著清涼海風，
暢飲一杯啤酒的夢，大家都能做吧？

即便只是想像，也是一種享受！
一起快樂生活吧！

窄門

通過這道小門，
會有什麼呢？

結束＝另一個開始

蹬、蹬、蹬，默默走來，

經過漫長等待後，抵達目的地。

「辛苦了！你很棒！現在只要打開這道門走出去，一切就結束了！」

然而，又浮現了另一個問題：

「長得不見盡頭的樓梯另一端，又有什麼呢？」

無論一路走得多辛苦，

只希望最後的我，是笑著。

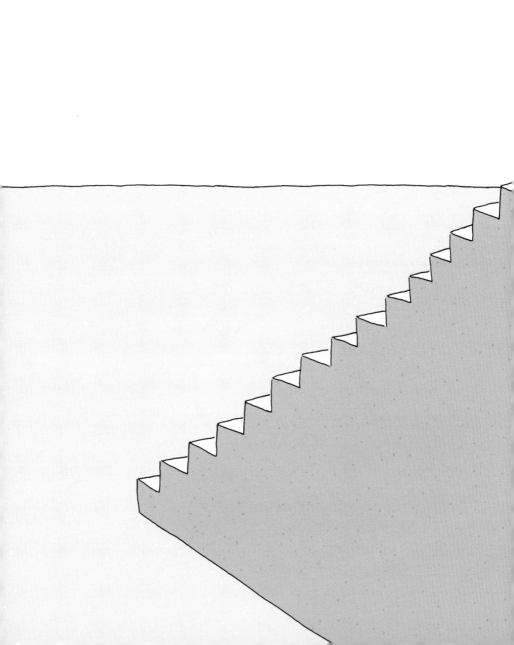

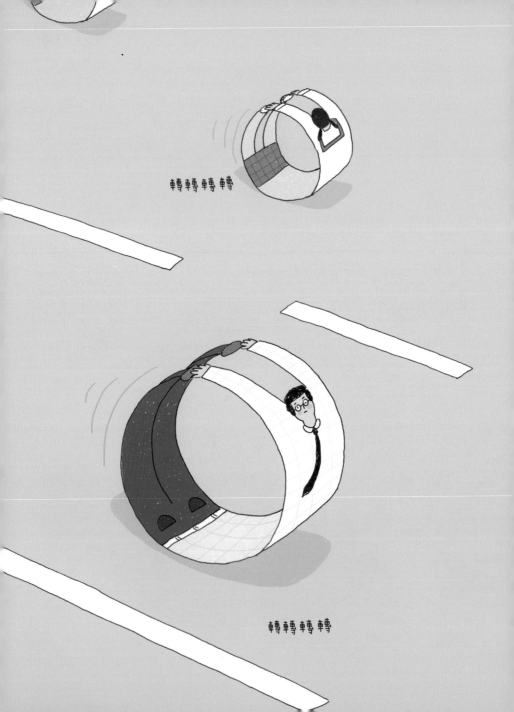

轉轉轉

轉轉轉

轉吧！
我的人生啊！

Three.

關係，好難

在這裡，
只有我是奇特的人

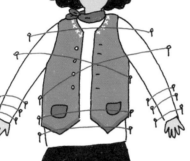

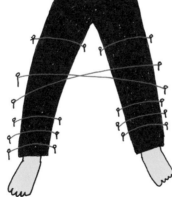

不應該是這樣的

當我的心大得能感他人所感時，
人們隨即逃之夭夭。
其實我只是想要得到關心，所以才付出關心的，
卻反而讓大家感到負擔。

心，在無意識變大的同時，
恨，也跟著變大，
於是，我痛恨曾經那麼喜歡的你。
我痛恨保持距離的你。

不應該是這樣的……

毛毛雨反而沉重的原因

越活越覺得，
好幾下的刺拳，
遠比一下的猛力直拳，
更可怕。

猛力直拳換來的清晰傷口，
不僅能讓人立刻回神，
趕緊找出對策，
也能從身邊的人身上，
得到些許慰藉。

刺拳卻不同，
起初，自己都能概括承受，
甚至認為對「這種小事」有所回應，
非常可笑，
所以能「算了」就「算了」。
然而，經過日積月累，
真的很痛，也終於發了脾氣。

忍無可忍之下，總算發火後，
對方根本沒有辦法理解，
早已沒有任何反應的人，
為什麼突然發脾氣？

他們會說：
明明是一如過往的舉動，
總是百依百順接納的人，
搞不懂為什麼要「過度反應」？

或許，我也曾那樣過。
輕率對待那些百依百順的人，
講出各種不經大腦的過分話語，
試探著，
他們的底線……

於是我也在不知不覺間，
就此從珍而重之的人心中，
被拭去。

變得不痛不癢，
真的，
是件可怕的事。

YES 笨蛋

終於到了完成所有工作的日子。

不知道是因為壓力釋放，或是感冒的緣故，身體有千萬斤重。
無力盥洗，砰———一聲倒下，準備休息的瞬間，來自朋友的電話響起：
「WORRY～今天見個面吧！」

晚上十點多，
見了面，似乎也不會有什麼趣事，
況且家裡還有著堆積如山的家務沒做……

怎麼辦？

需要一段自然的說詞拒絕對方！

為了迅速擠出謊話，
大腦的馬力開到最高轉速。

「說身體不舒服，對方一定會覺得是藉口吧？」
「好久不見的朋友先打了電話給我，一口拒絕的話，對方一定會很失望吧？」

三秒間，閃過各式各樣的說詞中，我挑選了這句回答：
「嗯……好……好啊，哪裡見？」

於是，我再次，
不是因為樂意，
而是因為難以拒絕而出門。

回家時，
疲倦、後悔、可悲。

名為「嘴」的傢伙，總是我行我素，
就算心裡吶喊了千萬次「NO」，它卻什麼也聽不進去。

我需要的是，既能充分表達自己對久違朋友的歡迎喜悅，
又能不讓朋友感到失望的拒絕說詞！
不過，就在嘴巴判斷自己「遍尋不著適切方法」的瞬間，
便自顧自地像反射動作般，喊出了「YES」。

看來得事先備妥「拒絕方法清單」，
然後一字不漏地背下它們才行。

一絲不掛的心情

- 走在路上

「天啊！WORRY！好久不見，最近好嗎？」

「嗯……我最近過得還不錯，

只是腰不太舒服，去了趟醫院，才發現脊椎有點側彎……

（喋喋不休中……）

面對交情不上不下的人，

劈里啪啦說出根本沒必要告訴對方的話後，

一轉身，每每感到「羞恥」如海嘯般排山倒海而來。

就像是展現了明明沒必要展現的內心世界般，

不斷重複再生、反芻，只有自己感受的尷尬。

如果只是輕鬆地說完「起」倒無妨，

為什麼一開口，就非得把「起承轉合」通通朗誦完畢呢？

每當自己又沒能繃緊神經，想要開始進入「承」時，

為什麼沒有可以啪一聲堵住嘴的「到此為止」裝置？

一絲不掛的心情

話說回來，這種尷尬其實也只是自找的。

仔細想想，
人人都忙得焦頭爛額，
我說到「起」，還是說到「承」，
根本沒人在意。

只有我能感覺的
一絲不掛的心情

從哪裡開始，
出錯的呢？

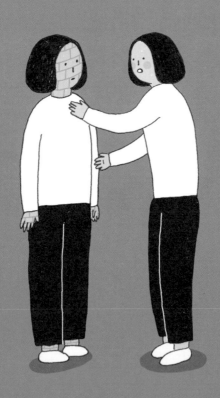

面無表情

因為不想受傷，
因為不想吃虧，
因為不想被利用，
所以築起防禦高牆。

每次因為「人」而受傷時，我總是想：
「明明一天到晚被騙，為什麼我仍然選擇相信？
真希望自己擁有鋼鐵心，無論發生什麼事，都能無動於衷。」

然而，卻在忽然瞥見鏡子裡自己的模樣時，嚇了一跳。
我終於，
變成了什麼也感覺不到的一道牆。

通通扭在一起！

一旦開始扭轉，便會嚴重扭在一起的壞心情。
如果只是微不足道的想法扭在一起，還算小事，可是連我的嘴都扭在一起，
說出口的每句話，都是傷害別人的惡言，吐出一句句討人厭的話……

和大家扭在一起的事，同樣令人頭痛，
到底要怎麼解開這種扭在一起的心情呢？

應該買一枝麻花棒棒糖來吃好呢？
還是咬一口麻花卷好呢？

通通
扭在一起了！

蒸汽熨斗

冒煙——

用蒸汽熨斗燙平滿是皺褶的自尊，唰——唰——
如果可以燙得平平的，不知道該有多好？

被各種人事物輾得遍體鱗傷的自尊，
噴水、加熱，然後燙得平整、硬挺。

可以的話，是否就能對一些微不足道的小事，坦然摺疊自尊呢？
如此一來，似乎也不用戰戰兢兢過日子了……

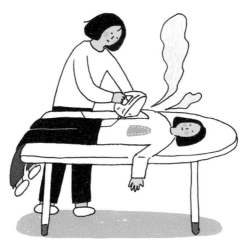

不要越線！

畫線 🖊

有沒有人一輩子都未曾試過碰撞呢？

被公車上遇到的奇怪大嬸白了一眼，而開始吵架；
像是打算就此搬離社區般，扯破喉嚨和媽媽爭執；
和弟弟妹妹上演全武行，打架打到鮮血四濺。

不認識的人，反正一生只見一次；
家人，反正總有一天能和解。
可是一旦和朋友吵架了，就算重修舊好，卻只會讓大不如前的關係更加惡化。

即便小爭執不可避免，但是與從前不同的是，
對於「生氣」這件事，開始變得小心翼翼。

變成大人後，總算頓悟了幾件事，
太誠實會吃虧、生氣就輸了。
因此，拚了命只為壓抑情緒，
事先判斷好自己因人而異的情緒底線，
「你！到這條線！」「你！到那條線！」一一劃定界線。

然而，不知從何時開始，開始厭倦於將新的人放進自己的小圈圈，
我能誠實做自己的空間，果然還是太小了！

心的鑰匙

任誰也無法開啟，牢牢鎖住，
當別人稍微想要窺探我的內心世界時，
便拉響警報。究竟為什麼會變成這樣？

我也經常對自己感到無言。
我到底在恐懼、不安什麼呢？
所以才把自己鎖得緊緊的呢？
明明清楚就在自己將一切往外推時，
錯過的許許多多，最後真的會離我而去，
卻始終不知道該從何處抓住，
留下的只有茫然。

心扉之所以緊閉，
或許，都是自己造成的。

心的主治醫生

如果不完美的人們能彼此幫助，是件相當美好的事。

當我懷疑自己是否做得很好時，
當我為了衝撞堅固高牆而獨自感到辛苦時，
當壞心情無窮無盡蔓延時，
偶爾，甚至找不到任何原因時，

因為身邊有著能一面彼此詢問「還好吧？」，一面悉心照料的人，
懸在半空的我的心，才能重新找回定點，
保持身體健康，直至今時今日。

真心，謝謝。

繞圈圈

可以繞圈圈的東西。
都是會滾動的東西，

滾啊！滾啊！向前滾，
是代表一切會變得更好的，
信號。

Four.
愛情，X！

猶豫不決

我想說的話是：

喜歡你

三個字。

猶豫不決，
把話說出口，
為什麼這麼難……？

拐彎抹角之際，
錯過了時機，
也錯過了你。

偶爾讓自己變得簡單點，
不做他想地隨心所欲。

曖昧歷程

起初，冰冷高傲，
以為只要稍微釋放一點信號就好。

現在，不是已經公然點亮大燈等待了嗎？

好累！好煩！

喂！拜託過來一下嘛！

憎恨沼澤

維持了好一陣子的戀愛關係，卻在某個瞬間，
興起，
想殘忍對待對方的念頭。

朝夕相處的戀愛，
喚醒內心沉睡已久的欲望。
其中也存在著，
以愛之名，而可以恣意傷害對方的心態。

以「偷看路過身邊的女生」為理由，
以「才沒接到電話幾次，有什麼好大不了」為開端，
一點一滴地，刮傷彼此的自尊，甚而說出更為惡劣的言語。

咄咄逼人地斥責、貶低對方，
甚至不假思索地衝口說出那些「我原本是想這麼說嗎？」的話，
甚至邊說邊浮現「其實我不是想這麼表達……」的時刻。

不知道是因為愛得不夠，
還是傷痕累累的自尊作祟，
無法收拾的衝動，折磨著彼此的情緒，
全世界的恨，通通糊在了我的臉上。

我們為什麼會變這樣？

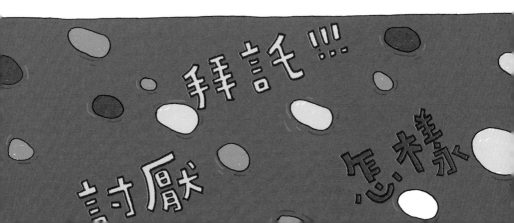

衡量

戀愛，確實存在著權力關係。

甲、乙、丙、丁……其他等等。

戀愛中，比較受歡迎的人屬於「甲」。
總以有點誇張的腔調，開口閉口說著：
「我行，你不行。」

然後，當受不了壓迫的對方提出反對時，
便一派輕鬆地說道：
「不喜歡，就到此為止。」

如果不喜歡被這樣對待，大可一走了之，
可是知易行難的心，往往才是問題所在。

不過，該慶幸的是，
甲、乙、丙、丁終究是相對的存在。
事實上，我也在認識你之前，
遭遇過「我行，你不行」的關係。

真正的緣分

我試過暗戀。
我試過告白、被甩，卻仍然覺得很快樂。

為什麼那個人不喜歡我？
可是，為什麼我又偏偏喜歡那個人？

如果我變得性感一點，是不是就能吸引對方？不如減肥一下？
在激盪著五花八門的推測，只為了抓住你的過程裡，
我失去了自己。

綁起來～
綁起來～

經過了好久、好久以後的現在，
總算驚覺，

勉強想要緊緊逮住的那個人，
從來就不是屬於自己的緣分。

好希望能遇見這種人

能一起分享今天發生了什麼瑣碎小事的人，
當我哈哈哈笑時，對方也能呵呵呵笑的人。

不是擁有一把又大又華麗，卻遮不了雨的傘的人，
而是願意默默徒手為自己擋雨的人。

人生在世，總會遇到雨天，
如果能出現值得依靠的人，
即使淋雨，也能成為電影的一幕。

哪怕只是站在自己身邊，
心裡也會感到無比溫暖。
只要能一起淋雨，就夠了……

將我的心，倒入你筋疲力竭的心

攜手進行的戀愛關係，
愛的尺寸卻截然不同。

我曾期望自己愛的尺寸是同等比例 1:1，
自以為這樣便不會傷及自尊，
便能傾注全心全意去愛。

然而，即使我從不間斷地倒入真心、真意，
卻怎麼也填不滿你的心。
當我驚慌失措地傾注自己的愛時，
奇怪的事發生了……我漸漸變小，而你漸漸變大。

察言觀色著你的反應，而變得坐立難安之際，
曾以為你會轉過頭為我傾注、慰藉我……

戀愛，自私的人就贏了。
不是為了獲得更多的愛而產生的自私，
而是拚死拚活地自私。
唯有自私地珍惜自己，自私地愛自己的一方，才能成為這場遊戲的贏家。

戀愛的奧祕

　　喜歡戀愛的數萬種原因中，有一個最具決定性的原因：
就算是幼稚至極的捉迷藏，也有那麼一個人願意陪自己玩。

小心翼翼地躲在誰也不知道的地方，

然後只留下一點點痕跡。

只為了讓對方能容易點找到自己……

嘿嗨喂呀……

你的聯絡

打來 ⋯⋯ 不打來 ⋯⋯

剩下一片、兩片，
即使只是最後一片落下了「你會打來」的花瓣，
也足以讓心情變好一些。

戀愛，是只有一半的事。
就算百分百完成了自己負責的部分，
剩下的一半，還是操控在對方手上。

戀愛，是等待。
既期待，又怕受傷害地等待著，
「剩下的一半，對方會如何填滿呢？」

戀愛，是怦然。
哪怕得將自己無法掌握的事託付花瓣，
心，依然噗通噗通地跳個不停。

吐氣氣球

想得知時時刻刻改變的人心，

總是令人心急如焚。

每次遇到這種時候，「吐氣」成了一種樂趣。

呼呼呼～呼呼呼呼～

只要一口接一口把內心的鬱悶吐出來，

心情也會變得輕鬆許多。

累積所有發自內心吐出的氣後，我大概就能飛起來，

大概就能擺脫一切恐懼、憂愁、鬱悶……

呼呼呼～

鞦韆

沒有願意
推我一把
的人啊……

Five.

五骨豊不滿足

五體不滿足

下雨就會變得蓬鬆雜亂的要捲不捲自然鬈、
沒有雙眼皮的眼皮、
平平無奇的胸口搭配異軍突起的小腹、
腰長腿短，又稱「悲劇身材」。
稍微抬起頭，還有猖狂的斑點與皺紋……

嚴厲的鏡子，絲毫不留情面。

假設，
是一雙擁有深邃雙眼皮的大眼，
是一對性感又彈性十足的胸部，
是兩側微微向內凹陷的小蠻腰，
加上一雙長腿，我是不是能變得更幸福一點？

首先，利用 photoshop 美圖修修～
將我的美貌一路拉到最大值。

然而，不停追求更上一層樓的欲望，
完成了眼前這個既不是我，也完全不美麗的東西。

狼狽的背影，砰！砰！砰！

別人經常注視的我的背影，

除了我之外，所有人都看得到的背影。

因為狼狽不堪，

而不想讓任何人看到的日子……

不行！

抬頭挺胸，

瞄準，發射！

暴食暴食

吃 吃 吃 吃 吃

靠吃東西釋放壓力的人，舉一下手好嗎？

因為覺得工作很累，因為覺得孤單很煩，
因為覺得長得醜很委屈，因為肚子餓變得神經質……
今天必須好好餵飽自己才行！
隨即起身奔向便利商店。

雖然已經決定要吃平常喜歡吃的東西，甜蜜的苦惱卻現身，
零食界的兩大龍頭：洋芋片和巧克力碎片，正在向我招手。
在架子前來來回回走了 15 分鐘之久，總算下定決心！
今天，就交給你們作主吧！

選了 15 分鐘，
吃了 3 分鐘。

一秒清空。
味道佳，肚子飽，心情好……
好吧，不管後果，姑且想到這裡就好！
喀嗞喀嗞咬著餅乾的聲音，的確讓心情變好了嘛……

瀕臨爆炸之際

誰可以來戳我一下!

無處可去啊！

迎接某佳得悠閒的週末，
沒有堆積如山的事情要處理，也沒有朋友要結婚。
為什麼反而覺得這樣靜靜待著有點浪費……？
今天該做點什麼好呢？

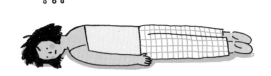

首先，盥洗一下。
要不要換個髮型？
夏天來了，要不要綁個包頭？

把所有的 化妝品 通通拿出來，
化妝化到如入無人之境。
仔細搽上平常嫌麻煩而省略的睫毛膏，
煞費苦心的眼妝，
連從未好好搽過的唇彩也細心完成，
完全沒有意識時間的流逝……

「唉……以前實在太不用心了。」

無處可去啊......

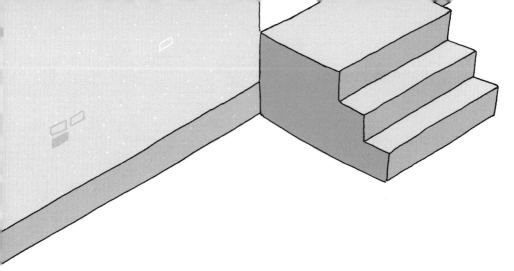

因為無聊才開始化妝，
莫名其妙地覺得很滿意。
抱持著「只在家自拍太可惜了」的念頭，踏出家門……

無處可去。

真希望能有偶爾想為某人展現的機會，
以我的另一面。

MISMATCH (X)

老是穿著自己覺得舒服的衣服，
是因為我相信其他人能接受自己本來的面貌。

相反，當我面對會令自己感到坐立難安的人時，
便會激起想勉強展現最好一面給對方看的野心，
將自己套進渾身不自在的服裝裡，打扮成一點也不像自己的模樣。

在令人不自在的場合，與令人不自在的人一起。
放任好久沒穿過的高跟鞋磨破腳跟，
動員全臉肌肉，擠出平常未曾見過的笑容，一笑再笑……

相較於疲憊的身體，置身使人尷尬的人群中，
堆起虛偽的笑容，假裝泰然的演技，
無疑是個將我推向虛脫深淵的日子。

我為什麼要這麼勉強自己？

為什麼要強迫自己露出八顆大牙假笑？

眼前不過是一群今天結束，明天就會變成陌生人的人罷了……

mismatch

身是身，心是心

遲到了！

驚慌失措地起床，管不了什麼化不化妝，
當務之急是迅速出門！

今天的造型是，
格紋褲搭配格紋襯衫，而且兩者還各自很有個性的，是不同格紋；
尷尬的褲管長度，搭配尷尬的跟鞋。
早知道就穿運動鞋了！至少別人還會以為是故意要走隨性風……
明顯想要費心裝扮，卻遍尋不著「美」，
堪稱是出自 Ｃ／Ｐ 值低得見底的糟糕設計師之手。

一整天我必須承受異樣眼光，異樣眼光啊……

「算了，反正就
這麼一天。」　　「嗯……大家應
該不會一直注意
我吧？」　　「純粹是
場意外。」

然而，心底某處卻傳來慘叫聲：
「根本連我自己都知道穿得很怪ㄒㄒ」

唉……好想鑽個洞躲進去。

我本來不是這種人啊 ㄇㄇ

孤芳自賞

為自己的水中倒影而著迷的納西瑟斯。

即使過於常人的俊美容貌，引來許多精靈的迷戀，
可是納西瑟斯卻從不愛任何人。

讚嘆自己的美貌，
究竟是什麼心情？
這張臉孔，
甚至迷人得令人落水身亡。

看著自己水中的倒影，
我大概完全不用擔憂。

這種大眾臉……

✦ Twinkle ✦

有些人，自體散發光芒。
那種，一眼就能看見他們閃閃發亮的人。
我在某人眼中，是否也曾耀眼奪目呢？

然而，光是隨便想想，除了老是計較鼻屎大的小事外，
就是整天憤世嫉俗的性格……
缺點總是搶先浮現，
想必自己還不足以成為散發絢爛光芒的人。

閃閃發亮的人們的共同點是：
永遠對自己充滿信心。
即使不完美，即使有錯漏，
他們仍能維持極高的自我評價，且不是源於那種咄咄逼人的自尊。
他們清一色堅守著自己的標準，而非別人訂定的標準，
凝視自己，凝視這個世界。
原來，想要變得閃閃發亮，首先得要學會好好凝視自己嗎？

每天都想變成一個更好的人。
雖然不簡單，可是我如果願意承認那個連自己都討厭的模樣，
努力接受自己本來的樣貌，
即使不能成為光彩燦爛的太陽，或許也能成為閃耀著朦朧光芒的月亮吧？

可以讓我發光的是什麼？

Signal

無論如何，仍存在令人覺得「世界是公平」的東西。

大家為了存活，

任誰都得乖乖遵守的約定：

● 綠燈行，● 紅燈停。

Six.

連我也不了解自己

把自己藏起來

嘴巴說著「不能繼續下去……」
明明知道對自己不是件好事，
卻仍勇往直前。

這個名為「我」的傢伙，真的很不聽話。
結果還是闖下大禍了吧！

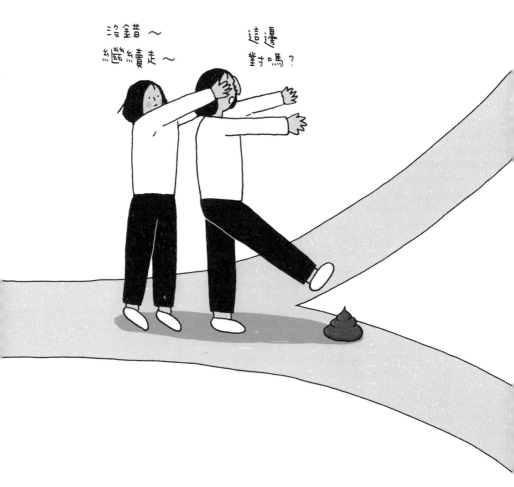

大人的技能 I

> 踏進社會後，
> 只要一五一十地顯露真實情緒，就輸了；
> 生氣，是因為有生氣的必要，才生氣。
> 現在的我，好像也稍微學會這項技能了。

走過總是被欺負的天真爛漫時期，
自己究竟是如何成為現在這個刀槍不入的「大人」呢？
那個曾經親切地傳授獨門祕技給我的前輩，面露苦笑。

我夢想自己總有一天能自由自在地，
掌握需要表現情緒的時機。
今天我也得選一張合適的臉孔。

今天當然也是笑臉吧？

今天也......
該戴上笑臉吧......

大人的技能 II

那些倍感委屈、悲傷，眼淚傾盆而下的日子，
「其實，我的心……不想那樣的……」

我像個大人，若無其事地忍住淚水。
一心想著「只要再忍一下就好，等等進廁所再哭」，
捲了幾張廁所的衛生紙，
眼淚卻流不出來……

明明幾分鐘前，
還強忍著眼淚，吸了五次鼻涕的……
淚水跑去哪裡了？現在連哭泣都不能隨心所欲了嗎？
為什麼我的人生不能誠實表達情緒？

喜歡，也要假裝討厭；
討厭，也要假裝喜歡；
辛苦，也要假裝輕鬆。
忽略自己的真實情緒，才是大人的生活嗎？
如果這就是大人的生活，我才不想學什麼大人的技能！

坐牢的原因

每個人心中，
都有一座自製監牢。

被世界壓迫、厭倦人群時，
一次次喘不過氣的艱辛時刻，
就能進去好好休息的地方。

有人稱之為「洞穴」，
專家稱之為「退化」，
又有人稱之為「休息站」。

在那裡，可以盡情沉醉在這種情緒：
「是啊，早就知道會這樣。」
「做什麼做，我根本做不來。」

越是經常進出那個專屬於我的空間，
漸漸，
越不想離開。
於是，監牢越來越大，
越來越堅固。
本來明明是個下定決心就能離開的地方……

現在，即使想離開，
卻沒有自信靠自己的力量走出去。
腦海閃過一個念頭：

我真的很辛苦嗎？
這一切真的可怕得讓人承受不了嗎？

應該可以撐過的……

其實，心裡明明想要再試試的……

卻選擇走入監牢，自己囚禁自己，不是嗎？

Thorn

廚師對味道很敏感，
設計師對美感很敏感，
作家對文字很敏感。

所謂敏感，
是感知某種東西的能力，或分析、評斷某種東西的能力，
異於常人的迅速且優越。

因此，
無法忍受難吃的料理，
討厭醜陋的事物，
接受不了沒有邏輯的話語。

雖然不清楚到底是哪種領域，
但是對世界所有刺激都感到相當敏感的我而言，
今天同樣豎起尖刺，
保護自己免於承受任何刺激。

「看見緊張兮兮豎起的刺吧？
如果不想被弄得遍體鱗傷，
請勿靠近。」

我的腦袋裝了什麼？

我的腦袋到底裝了什麼ππ
00:20
腦、神經、血液。
00:22
00:23
……
我是認真的，我的腦袋到底裝了什麼？
00:33
只有你自己知道。
00:37

朋友，事情不是你想的那樣。
我的腦袋裝了什麼，我真的不知道。

偶爾好想打開腦袋瓜，
清清楚楚地看看裡面。

有時候，
真的很好奇裡面到底裝了什麼⋯⋯

五百元大樹

為待了三年的公司，

畫上句點後，已經過了五個月。

雖然平日與假日的界線，逐漸變得模糊，

雖然天天都毋須擔心遲到，慵懶地睡到自然醒，

代價卻是不斷浮現疑惑：

「我可以一直這樣下去嗎？」又名擔憂與焦慮。

看著日漸縮減的存款餘額，

再再讓我對過去準時發出的薪水肅然起敬。

不知道是不是因為種種原因，自己開始對理財產生興趣，

時不時會做一些感覺很靈（？）的夢，

興奮地萌生「乾脆買張樂透？」的念頭。

直到某天，偶然在回家路上發現了一間花店。

清新的嫩綠，固然使人沉醉，

想找一個標籤合理價格的心儀盆栽，卻也非易事。

「植物也是種『生命』，可不能像挑商品一樣亂挑。」
「你知道要澆多少水？曬多少太陽嗎？」
「因為眼光有點高，所以每次都選到偏貴的盆栽，任性亂買也可以嗎？」

一把將人拉回現實的內心濾網，過濾出自認為最合理的判斷：
「這不是奢侈，而是為了補償過去辛苦了好一段時間的自己。」

深思熟慮後，我獲得價值韓幣兩萬五千元的咖啡樹。

我深信，它是能為自己帶來好運的幸運樹。
我覺得應該開發一種只要栽種五百元，就能結果五百元的新品種……

煩憂小店

「煩惱往往是自己造成的。」
「沒錯！說的正是我。」

如果世上存在煩憂小店，我一定是常客。

包攬一切應該與不應該的煩憂，
置身無窮無盡的煩憂深淵。
喘一口氣休息後，緊接著煩憂一次；
喘兩口氣休息後，緊接著煩憂兩次。

隨時隨地感到煩憂的生活，最終變成習慣。
如果沒事煩憂，便自己製造，即使要花錢買，也無妨。

作家艾倫 · 狄波頓曾說：
「我們需要的是不會沾染憂慮的人生，而非無憂無慮的人生。」
當下的我是這麼想的：
「如果我的人生早已沾染了憂慮，又該如何是好？」

或許，世上一定存在煩憂像反射動作般自動蹦出時，
反而覺得很自在的怪人，
像我一樣。

今天是腦袋大掃除日

今天是腦袋大掃除日。

如果覺得現在的生活有什麼地方出錯的話，
只要花一點時間，
解決錯誤，
某個瞬間，會突然砰！一聲完成，自己甚至毫髮無傷。

當腦海老想著「快點消除」，
其實只是一件浪費時間的事。
不過，假如願意自己學會感覺，學會意識存在其中的意義，
錯誤，反而成為樂趣與療癒。

各式各樣毫無意義的回憶、煩惱、恐懼……
今天，通通把它們清理得一乾二淨吧！

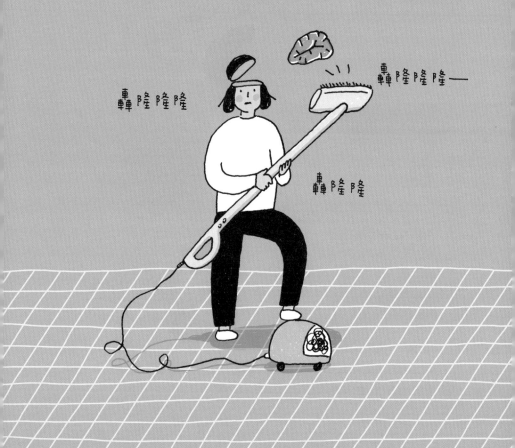

1

先從大件的恐懼開始下手。
放進洗衣機，
轟隆轟隆──翻轉再翻轉。
想想「自己為什麼要作繭自縛？」
然後深呼吸一口氣，
慢慢為那些被自己扭曲的，
想法、情緒、行動，
找到走回正軌的方法。

2

將清潔劑倒入水中，
把沾附在尊嚴上的汙漬與傷口，
唰、唰、唰，洗得乾乾淨淨。
憎恨的情緒、
以及讓人忍不住哽咽的怒火，
通通洗滌得一點不剩。
清出一個能釐清自己究竟「喜歡什麼？
討厭什麼？」的自在空間。

最後，把那些每次遲到十分鐘、
反覆節食與暴食，
各種可以阻擋自己前進的壞習慣，
仔仔細細地刷洗乾淨。
於是，
有了一張可以重新彩繪，
彩繪人生該如何前行的空白畫紙。

哇！好～舒服！

我的世界

我有個習慣，喜歡回頭分析自己的行動與語氣。

今天有做錯什麼事嗎？
那個人……是否被我的言語所傷？
今天的情緒是不是太激動了？
仔細想想，那個人看我的眼神有點怪。

我內心的我，以及內心的我的內心的我……
走到盡頭，是否就能遇見真正的我？

這種習慣性的探究，
是相當好玩且具趣味性的遊戲。

為什麼？因為既沒有盡頭，也沒有人可以阻擋；
因為從自我意志出發，而唯一可以停止的人，是我。

不過， 起、承、轉、我 ——
在不斷迴轉的世界裡，
自己似乎錯過了什麼重要的東西。

你！到底是誰？

噗 通 噗 通　蹦 蹦 跳 跳，一整天都 眉開 眼笑。

喜歡一個人，可以讓人產生如此巨大的變化，著實是既神奇又嚇人。

拿出平常不穿的 ，

把房間變成戰壕，換穿一件又一件衣服……

「原來我是個女人！」頓時驚覺。

不是隱藏在內心的我，而是從某處重返的我。

向來深信自己討厭吃辣的我，

卻一口接一口地咬著對方喜歡的青陽辣椒，學習吃辣；

曾高談闊論「電影就是要自己看，什麼爆米花之類的東西都是浪費錢」的我，

卻跟他一起走進電影院，拿起爆米花塞進嘴裡。

曾經以為自己恨之入骨的東西，突然失去了界線，

只要和他一起，便會蜂擁而出那些連自己也不知道的個性，無疑令人慌張。

跨出過往屬於自己的狹小世界，

遇見了自己以外的存在，

萌生根深不見底的嫩芽。

即使有些害怕，

可是不知為何，總覺得從今以後的世界，似乎只會變得更加有趣。

Seven.

忘卻的大小事

不拚命也無妨

不用苦惱要穿什麼衣服，每天只要穿一樣的制服就好；
按照訂好的課表讀書，然後盡情享受比什麼都寶貴的下課時間；
一結束晚自習，便無憂無慮地像擁有全世界般的那段時期。

為了一題五分的數學題，嚎啕大哭得彷彿世界末日降臨；
為了和朋友的小口角，苦惱得頭痛欲裂，
甚至因為不想碰見對方，故意繞遠路，避開平常一起走回家的路。
現在回想起來，明明只是一些雞毛蒜皮的小事，
自己卻實在地為了功課、考試、與朋友爭執，而感到難過、絕望。

隨著年齡的數字逐年增長，
自己能承受的人生考試範圍，
也在不知不覺間變得極廣。

當時的我，卻從不知道，
今天的我，竟會為了生活費、對未來的徬徨、日益減弱的體力……
探頭探腦地偷瞄那些曾被自己嘲笑「全是商業手法」的健康食品。

現在我所煩惱的，是值幾分的考題？
置身十年前的大小煩惱，卻變得一文不值的此時此刻，
十年後的我，或許也會覺得現在的煩惱，不過只是漫長人生中的一個小點。

孩子啊！
不那麼拚命也沒關係。

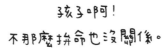

已經走過這段路的大人，看似不經意的安慰，反而成了比什麼都偉大的慰藉。

Don't forget me.

被遺忘的事

被某人遺忘我的存在，
或許只是再自然不過的事。

只是，想要烙印在某人回憶裡的真實心意⋯⋯

長▮夜

長

夜

自己的時間

一如往常的夜晚，
茫然而漫長的夜晚，
通通變成專為我存在的時光。

其實，只是換了扇窗而已。

裝得回去嗎？

覆水難收

「覆水難收」
是小學時學到的成語。

因為清楚事情過去後，
便很難再回頭的事實，所以我的生活總與煩惱為伍。
只為了少吃一點虧、少受一點傷。

然而，就算是百般深思熟慮後才下決定，
後悔，卻仍是家常便飯。

不過，如果為了不想留下更多的悔恨，
為了不想把水弄倒，而過得戰戰兢兢，
我反而希望自己能鼓起放肆打翻水的勇氣。

「唉唷，又錯了。」
「天啊，我又做了一樣的事。」
那種即使嘴裡嚷嚷，卻仍然能痛～快地把水打翻的勇氣。

反正人生只會繼續，漫長路途上，總能遇到早已注定的機會，
就算失敗了幾次，世界也不會毀滅。

人孔蓋

不小心踏錯腳步，咚──一聲掉進人孔蓋裡。小時候不懂事，總覺得自己被關在名為「學校」的籬笆內；二十幾歲時，仗恃自己擁有名為「年輕氣盛」的武器，好像毋須特別努力，自然就能得到諒解和幫助……即使現在早已不再輕易要求別人幫助或給予別人幫助，可是看著那些冷漠地從自己身邊呼嘯而過的人，我似乎也產生了不為這種事感到鬱悶的堅強力量。

習慣的蔭影

彷彿永遠都在我身邊，
像蔭影般陪伴的人們，
消失了。
確實意識他們的消失後，
空虛感鋪天蓋地襲來。

我總是被「習慣」欺騙，
因而沒能發現身邊的一切有多麼珍貴。

消失的人們，
是從何時開始成為我不可或缺的存在呢？

雖然是無從挽回的悲痛，
但只要過一段時間，這股情緒也會被習慣的。
反正，你我都是遲早會離開的人。

不過，就算再也不在身邊，
還是希望保留著未曾離開的感覺⋯⋯

過去讓它過去

人生在世，必須碰見，
即使很討厭，
卻無從避免的，
種種刺激。

絕不讓它們待在我體內。

只要一進來，
咯噠！咯噠！ 通通排出體外。

平衡的問題

旅途中，偶然見到的身影：
老爺爺用雙肩扛著兩個水桶。

看起來有些驚險的畫面，
於是燃起「我是不是該跑過去幫他？」的念頭，
剎那間，恰恰與我的擔心成反比的穩重腳步，
從我身邊呼嘯而過，滴水不漏的。
假如上前幫忙的話，我反而成為老爺爺的負擔。

抓穩平衡，讓身體不傾向任何一邊，
是耗費多少歲月、堆疊多少努力，才能學懂的智慧？

若想不倚靠他人，找到真正屬於自己的平衡，
無論當下多麼辛苦，隨著時間流逝，累積經驗，
便能純熟地找到屬於自己的平衡。
只要經過時間不斷淬鍊，
總有一天，我也能學會屹立不搖的祕訣吧？

竊竊私語

因為想起和朋友的不愉快回憶，而輾轉難眠的日子；
等待某人聯絡自己的日子；
聽著令人笑到肚子要炸開的趣事的日子。

腦子轉了又轉，
甚至絲毫不覺早已天亮，
一場自己與自己的對談。

仔細想想，相較於和別人交談，
和自己交談，優點更多。
向朋友傾訴，
深怕對方會覺得我一直在講重複的話，而感到厭煩，
或擔心我是不是得為自己的發言承擔什麼後續責任，
偶爾為了假裝好人，甚至無法坦誠表達自己的想法。

有時和那個聽見相同故事一百遍也不覺煩膩的我，
來場誠實的對話，其實是件很棒的事。

I'm fine, apple

環繞著我的無數關係，

想要堅守自己的位置，
和諧地處理每段關係，
其實是件比想像中來得消耗能量的事。

偶爾，我會想像自己暫時遠離一切關係。

沒有發生什麼特別的事，
只是希望能在維持現有關係之餘，
也可以暫時關起門來充充電，
然後若無其事地返回原位。

I'm
fine
apple

fine
people!

不為任何人帶來困擾，
只為短暫休息後再回來的
「公休」招牌完成！

咬咬咬

咬一片鳳梨，
吸吮著酸酸甜甜的果汁，
真的可以，
產生能量！

Eight.
只要伸出手

不願伸出手的話，就什麼也得不到。

即便只是聆聽

毋須多言，
即便只是靜靜待在身邊，也能成為支撐我的力量。

謝謝你，願意聆聽我的故事。

悲秋傷春的女人

春天，因為櫻花綻放而孤單；

夏天，因為除了我之外的所有人都去玩樂而孤單；

秋天，因為是秋天而孤單；

冬天，因為雪花隨風飄得太美而孤單。

SPRING

SUMMER

AUTUMN

WINTER

不過……

春天，因為逛街買薄衫而興奮；

夏天，因為前往度假而快樂；

秋天，因為埋進書海而喜悅；

冬天，因為大雪紛飛而享受。

SPRING

SUMMER

AUTUMN

WINTER

今天的我的表情

今天和昨天，
正如明天和今天，都是一成不變的日常。

家 → 公司，公司 → 家

在可預測的活動範圍內，
反覆進行著不特別喜歡，也不特別討厭的免費人生。

經過整天也沒能照過一次鏡子的匆忙一天，
結束工作後，回家照鏡子時，這才驚覺：

「今天的我，是什麼表情？」

媽媽

隨著年紀增長，需要自己負責、決定的事，變得越來越多。

因此，面對未來、對於人生的計畫……也讓肩膀上的負擔變得越來越重。

十年後的我，是什麼模樣？結了婚，然後打算生孩子嗎？

連自己都照顧不好的我，如果生了小孩，有辦法好好撫養嗎？

等到那時候，我好像至少得先擁有一間房子啊……

這樣需要多少錢呢？

是不是要申請貸款？

話說回來，我……結得了婚嗎？

源源不絕的問題，

就像完全跨越不了的高牆般，未知且巨大。

可是，

那個穿著一九九的花洋裝，

每天早上準時煮好熱湯、打掃、承受子女的臭脾氣，

當我哈哈哈哈大笑時，也會跟著呵呵呵呵大笑的我的媽媽，卻是那樣單純；

明明很喜歡咖啡，卻老是跟子女抱怨咖啡廳的咖啡太貴，

要我們花錢買各自需要的東西就好的我的媽媽；

偶爾因為健忘症，不得不把全家從頭到尾翻過一遍的我的媽媽。

媽媽在我這個年紀時……

長大之後，即使感覺媽媽變得比自己嬌小，
但是那些我苦惱著解決不了的難題，
她卻總能輕鬆搞定。

今天，特別感覺媽媽的偉大。

優雅的時光

低手姿
(En Bas)

往前
(En Avant)

經過
(Passé)

優雅的時光

只要配合著古典音樂的節奏，
擺出芭蕾動作，
感覺自己好像真的是一名芭蕾舞伶。

抬高下巴，直視前方！
把精神集中在手指尖與腳趾尖的瞬間，
腦筋一片空白，
眼中只看得見鏡中反射的自己。

雖然鏡中的我只是個生澀的芭蕾初學者，
卻擁有了世上最優雅的心靈。

下雨的日子

左右心情的人事物中，

天氣，擁有意外強大的力量。

尤其是心情憂鬱時，

下了一場恰恰符合心情的雨，撫慰了我。

從前不只覺得陰沉沉的大雨很煩，

也很討厭聚積在路邊的泥水⋯⋯

現在，相較於咻一聲就天亮的日子，

結合滴滴答答的雨聲、涼爽的風、灰濛濛的天色⋯⋯

雨天，更能讓我擁有好心情。

喜歡雨天，

或許，是因為它能為沒來由的憂鬱，

冠上一個理直氣壯的原因吧？

祈禱

小時候，

只要雙手合十誠心祈禱，

好像一切願望都能實現。

睡前，熄燈，躲進被窩，

「拜託……一定要幫我實現願望喔！」

雖然記不得當時許了什麼願，

但是我在被子裡緊閉雙眼，誠心誠意祈禱的畫面，至今仍歷歷在目。

越長越大，即便早就清楚誠心祈禱根本起不了任何效果，

尤其當置身考試、就業、社會、人際關係等複雜的問題時，

曾經懇切祈求的願望，無疑早已成為堆滿灰塵的古董。

再不渴望擁有某樣東西，

或完成某件事的我，

凝視著圓滾滾的滿月，心裡決定給它一件功課：

「今天，
我要許一個願，
那就是讓我擁有一個
非常想要達成的願望。」

射月

朝著滿月，咻——地射出我的願望。
因為我想完成的事、渴盼的事，通通很小。

就算是根本不可能實現的荒謬願望，
嘴巴上也要說：「只要擁有一顆肯拚命去追求的心，也能完成。」

好想有個依靠......

盼依靠

好想隨便抓個人，靠在對方身上，稍微喘口氣。
就算是一隻路過腳邊的小狗，
只要牠願意靜靜待在我身旁，也足以成為慰藉。

可是，唯一能依靠的地方，卻是一堵冰冷的牆。

我，對著我

想得到安慰時，
得不到安慰時，
我會對自己說：

「辛苦了！」
「沒關係，一切都會變好的。」
「我相信你。」
「我愛你。」

因為咬牙撐過一切的人，是我；
因為最了解我內心的人，是我；
最終，能百分百理解我的人，是我。

或許，最有力量的安慰，正是源自於我自己。

拍拍

伸～直腰

抬頭看看天空

按壓手臂

伸展背部

強化腰部

腋下也要好好伸展～

轉轉轉脖子!

吸氣!小腹贅肉通通收回去!

幸福伸展操

為了改善沉重、緊繃的身體,
一起來做伸展操!
吸氣——吐氣——
從扭動的肌肉裡,
發現隱藏的快樂肌肉!
喚醒躲在我們體內某處的,
快樂。

呃

呃......柔軟度好差

Nine.

Exit 出口

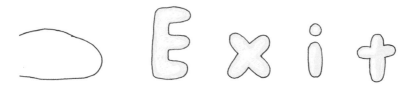

祕密之牆

就像出現在《哈利波特》裡的九又四分之三月台，
假如真能有道通往另一個世界的隱形祕密之門，
該有多好？

想躲進洞穴時，
不想跟任何人說話時，
想放肆大哭時，
想擁有屬於自己的時間時，

「炸雞開門！」

大喊只有擁有快樂想像世界的我知道的暗號，
吱——
祕密通道隨即出現，
帶我進入可以藏身之處。

＊훅：呼（感嘆詞）

呼！

結束一整天的工作後，一回到家必須做的是：

呼！

現在的我，

想倒轉嗎？
想快轉嗎？

心的操作畫面

從離開的地方

有時候，好想前往一個離此刻所在地最遠的地方。

你好！
我的地球。

緊急出口

只要有一枝鉛筆、一枝畫筆，
就能完成全世界。

無法抒解的抑鬱、
想要立刻奔向某處的瞬間，
紙上的我卻已在不知不覺間，漫步夏威夷海灘，
一口塞進令人食指大動的龍蝦。

看著白紙攤開的世界，
即便人事物不真實，好心情卻很真實。

想做的事、
想達成的事……
只要光想一次，
彷彿就能距離那個目標，
更近 1cm。

先 Go！

●

決定勇闖，

闖遍不停在腦海中打轉的目標。

●●

開跑前，先說明禁止事項：

「這樣好嗎？」「那樣好嗎？」

No, No.

●●●

對於未曾發生的事，

固然免不了會一邊想像，一邊擔心，

不過，一旦開始進行，

迎來的往往是：

「咦？根本沒什麼嘛！」

go! go!

等到出錯時，再開始猶疑好嗎？
反正，誰的開始，都一樣愚蠢嘛！

奔跑

好想跑。

風好涼。

垃圾袋

封印！

所有困擾我的雜念與擔憂，
通通綁進垃圾袋，丟掉！

你們這些傢伙，再怎麼扭來扭去，也沒用！

throw away

咻 咻～

乘著電風扇的風

若想 咻～ 乘著電風扇的風飛走，
得要多輕呢？

我走我的路

即使在層巒疊嶂的山路迷失方向，
即使被沿路碎石絆亂腳步，
即使回首來時路時，被「不如回頭吧？」的遲疑纏身，
我仍選擇一步、兩步……走我自己的路。

打開這道門，走出去的話……

不知為何
好像會遇見數不完的好事！

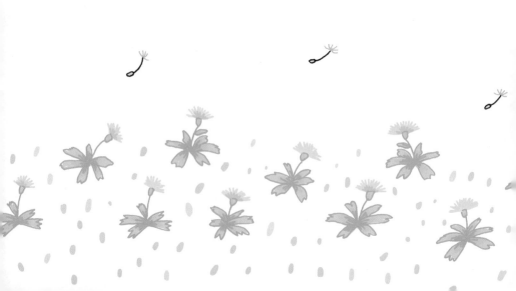

12月26日 星期四

主題：圖畫
下午，本來想好好
幫圖畫著色，
可是沒有專心著色，
搞得圖畫亂七八糟。
所以媽媽叫我，
不要再畫畫了。

無視當時媽媽因為我沒有好好畫畫，
而不准再作畫的話，今天的我，仍在畫。

高一寒假，為了逃避討厭的課業，我決定尋找自己真正喜歡的事。於是，我開始作畫。大學主修設計系，後來莫名其妙進入了職場。仔細回想，我的人生過得如此平凡。

然而，置身職場，一天過一天，生活意義逐漸變得模糊。最後，我選擇離開安穩的環境。偶爾，也會後悔。隨著未來日漸茫然，心裡像是破了個大洞般的感覺時不時襲擊著我。不過，當焦慮來臨時，反而成了我更用心作畫的契機。

「只要埋頭努力作畫，好日子總有一天會降臨！」我深信。
來回穿梭在焦慮與信仰間，藉由日積月累創作的圖畫與人溝通，才讓我確認自己確實存在於這個世界。
某天，書籍出版的機會找上了我。
我決定，緊緊抓住這個機會。

感覺自己孤單得快要瘋掉的日子、厭倦每天重複生活模式的日子、煩心事排山倒海而來的日子……每當覺得全世界只剩下我孤身一人時，我總選擇以「繪畫」重生。看見那些因為看了我的畫而產生共鳴的人們，我發現一件事：原來我不是只有自己，其實，所有人都感受著類似的感受而活。

真心，謝謝大家。

Worry's letter

five years later

距離《好想消失的日子》初次面世已經經過五年了。這句話似乎也意味著，我從一個平凡上班族變成插畫家兼作家的生活同樣經過了五年。

在成為畫圖與寫作的「Nina Kim」之前，其實還有許多插曲，但讓我真正得以以插畫家的身分站穩腳步的最大契機，大概正是《好想消失的日子》的出版。這本書的出版，真的讓我因而獲得許多的愛與關注。雖然那時候對於自己能在甫成為插畫家之際便受到如此如此龐大的關注與愛有些不知所措，但時至今日，我始終無法忘卻當時的悸動與喜悅。

讀過如實地收錄了自己整天擔心得太多又老是犯錯的模樣的這本書的不少讀者都紛紛表示，「絲毫不差地表達了我們的內心世界，實在太療癒」。原本以為只有我是這樣，完全沒想過竟然有這麼多人都曾經擁有相同的心

情。對於那些自己曾經感到孤單的時刻能成為某個人的慰藉這件事，我不僅驚訝也很感激，坦白說，其實甚至還有些擔心。出版一本書的，理應是能給予讀者答案的人才對，但我卻完全不是知道人生答案何在的人。

一浮現這個想法的瞬間，我就收到了來自出版社的聯繫——「有沒有改版的意願？」我當然立刻大喊了聲「OK！」然後告訴出版社「我打算盡自己所能將一直以來的感激之情與鼓勵，寫成一封透過圖畫與文字傳達的信」。實際開始創作後，才驚覺有點像童話故事……我相信，無論是什麼樣的形式都不會改變自己想要傳達真心的初衷。

儘管自己好像比五年前改變了不少，但又好像一點都沒變。依然笨手笨腳，然後滿腦子盡是些沒用的煩惱。雖然好像自始至終都依然是無止境孤單、疲憊的日子，但其中也有些令人感到快樂、幸福的日子，因此才有幸得以能像個人一樣好好活著。

接下來，我要開始說些想在各位耳邊說的悄悄話了。

希望今天能成為各位無數個好想消失的日子之中，某個快樂又幸福的一天。

Nina Kim 敬上

太多嘴了……

今天又太多嘴了。
為什麼我就是沒辦法把話放在心裡呢？
搞得我老是希望能有人支持我一下。
又不是說出口就能把事情解決……

仔細一看，才發現我根本渾身上下都是瑕疵。

嘴上說著自己有好多想做的事，實際上卻只會整天躺著；

忙進忙出地尋找弄丟的手機自然是家常便飯；

使用洋香菜粉而非胡椒粉撒滿料理，然後再自己一個人笑得不亦樂乎。

當想起「好像忘了什麼」的瞬間，

百分百是真的忘了什麼。

憂鬱……
就是只會一直跟著我!!

儘管已經逃離了隨時隨地窮追不捨的憂鬱好幾次，

但這次，失敗了。

這些時候，我都會變得好渺小、好渺小。於是，我開始思考。

本來還以為好一點了，難不成一直都在原地踏步嗎？

每天
每天
都
只想著玩吔？

真的老實說的話，
我每天、每天都只想著玩吔。
為什麼我會這樣？
我這樣很奇怪嗎？

驟然來襲的，是「只有我自己樣樣不如人」的情緒。

逐漸累積的不安與焦躁，

讓人開始無精打采，甚至連身體都變得沉重無比。

身體有可能咻──咻──拉長嗎?!

腦海會浮現這種愚蠢想法的我，往後的日子還能平安無事地活下去嗎？

拉得長吧⋯⋯

試看看的話⋯⋯

繼續這樣下去不是辦法。

很明顯，我有問題。

說不定嘗試摧毀我的惡魔就在我的內在，

而我卻渾然不知？

對！我必須親眼確認一下。

我要進去嘍～

CCTV •REC

你為什麼
來這裡？

嚇我一跳！
我來抓奇怪的我。
（可是，怎麼全部看起來都很奇怪？）

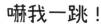

奇怪的我 ?!
有那種傢伙混進來了 ?

誰?

快抓住他!

去那邊看看。

那邊!那邊!

頭上戴的那是什麼鬼!

去那邊就能看得見!

應該在外面的傢伙，
為什麼會進來這裡？

好像有奇怪的傢伙
進入我的內在世界了，
所以我打算親眼看看。

硬要……
找的話……
只有你啊？
奇怪的傢伙？

不是。
我的內心有某個地方
不太聽話。
我得確認一下
到底怎麼回事。

那……
我只能給你三次機會。
你挑一挑想見的傢伙。

好！
那就……

嗯？那個，
 長得心機很重的傢伙、
哭個不停的傢伙，
還有……
中間那個意義不明的表情！
就這三個！

全都是些沒有任何問題的傢伙啊……

知道了！
時間一到的話，
連線就會中斷喔～（按）

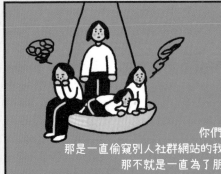

你們?!
那是一直偷窺別人社群網站的我。
那不就是一直為了朋友
耍心機而生氣的我嗎?
為什麼全部都在這裡!

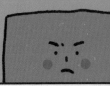

嗯。每當面對一些瑣碎的壓力,
或是情緒上遭受打擊時,
往往就在你沒能好好感受之際,
內心早已瘀傷了。
唯有像這樣發發牢騷,
才能慢慢宣洩出來。

原來如此。
我可以
幫得上什麼忙嗎?

你看他。昨天朋友對「組長心機很重」
這番話產生同理心後,
心情也因此變好了吧?

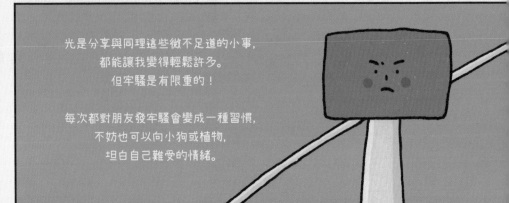

光是分享與同理這些微不足道的小事,
都能讓我變得輕鬆許多。
但牢騷是有限重的!

每次都對朋友發牢騷會變成一種習慣,
不妨也可以向小狗或植物,
坦白自己難受的情緒。

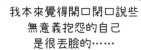

我本來覺得開口閉口說些
無意義抱怨的自己
是很丟臉的……

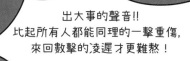

出大事的聲音!!
比起所有人都能同理的一擊重傷,
來回數擊的凌遲才更難熬!

停止瑣碎牢騷的瞬間,
你大概就會「砰」的一聲爆炸。
到了那時,你就會變成頓失方向的暴走火車頭!
持續笨拙地啞忍,直到莫名其妙的瞬間爆發,
於是被貼上了「瘋子」的標籤,
所有人際關係通通毀於一旦!
比起好好忍耐,好好釋放才更重要……

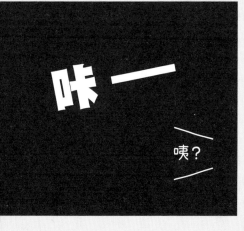

咔一

咦?

來,接下來是……

9

憂鬱大王的房間

你是……一直為「按讚數」賦予意義的我……你不就是一直聯絡前男友又對此後悔萬分的我嗎？

嗯。託你的福，
我才不停流淚。
因為悲傷、羞愧、失望。

對不起。我的腦疾太兇了。

啊～我不是這個意思。
悲傷、羞愧、失望、不安，
都是應該從日常生活中自然感受的情緒。
只要你不是個心理變態的話。

比起什麼都不做、什麼都不感受，
願意嘗試做些什麼，
然後為此感到悲傷、羞愧、失望，
才真的代表自己處在正常運作的狀態。

有時，我必須累積自己在憂鬱的
漩渦中流淚的日子，
才能將此化為理解他人與你做出
相同行為時的能量。

如果我不哭的話，
你就會失去愛與理解
他人的心了。

那……
應該沒關係吧？

果然……太單純了！
話是這樣說沒錯啦，你的確常常感到憂鬱，
但你也會在隔天早上起來一副「我哪有？」
然後忘得一乾二淨吧？
那些時候的我會有好好休息了，所以真的沒關係。
其實，每個人的生活都有著差不多程度的憂鬱，
所以別擔心。

幸好。

還有，謝謝——

咔一

差點來不及。

現在輪到最後～！

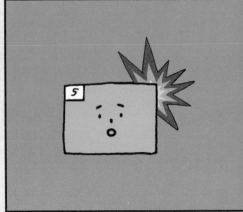

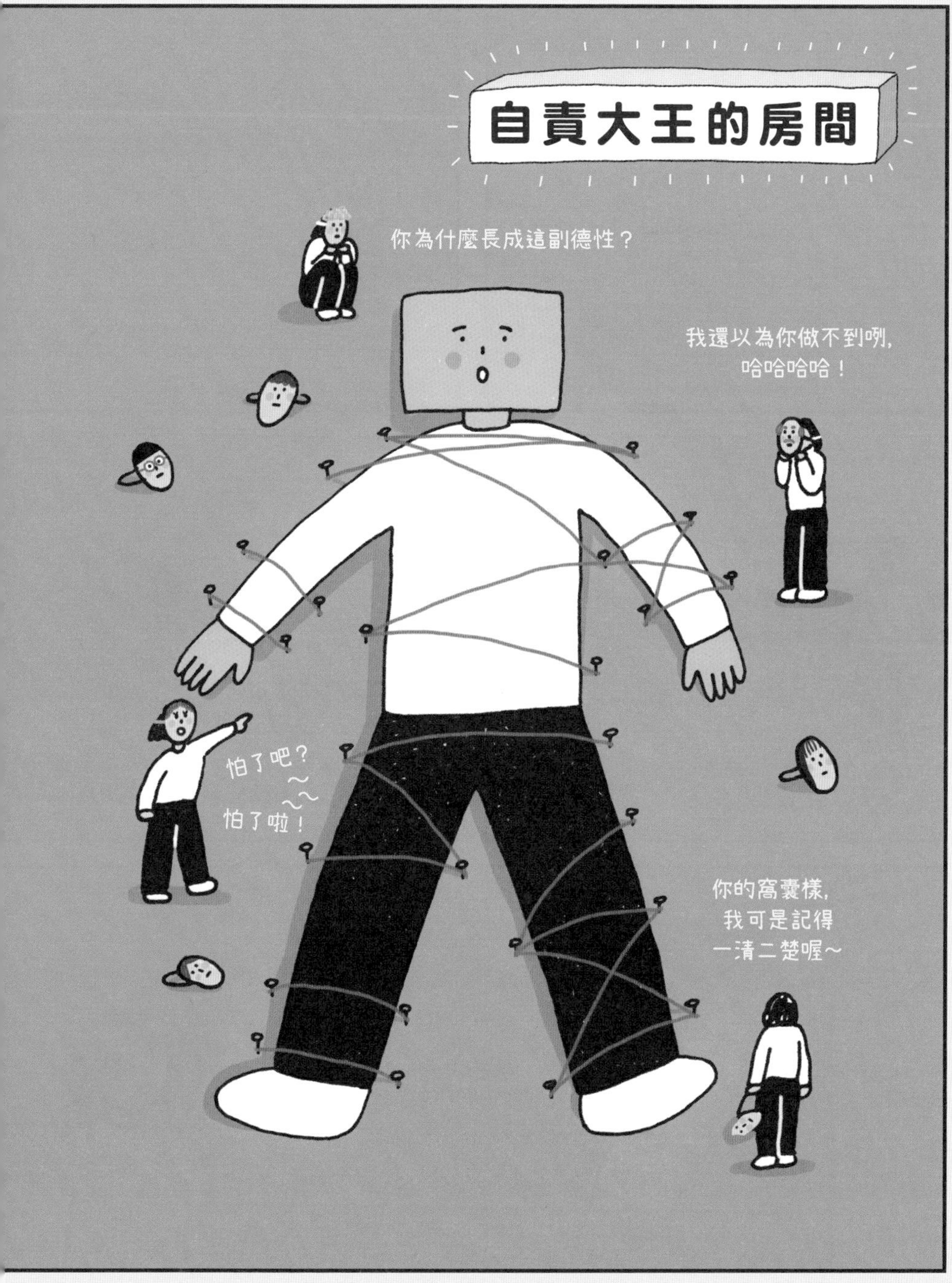
自責大王的房間
你為什麼長成這副德性？
我還以為你做不到咧，
哈哈哈哈！
怕了吧？
怕了啦！
你的窩囊樣，
我可是記得
一清二楚喔～

WORRY 啊！

沒事吧？他們為什麼都戴著面具……

你仔細看看那些面具。
那些就是把你送來這裡的人的長相啊。

啊……
那些是我一直覺得
他們都在輕視、
責備我的人……

不行。
我現在就要解開。

不可以！
這樣你就會變成
一個混帳。

啊啊啊啊啊啊啊啊啊啊啊
啊啊啊啊啊啊啊啊啊啊啊
啊啊啊啊啊啊啊啊

啊啊啊啊啊啊
啊啊啊啊啊啊啊
啊啊啊啊啊啊啊啊

總該有什麼方法吧？
這樣放任不管，我覺得太……

我很感謝你，但這就是我的角色。
不過，倒是有能讓我稍微舒服些的方法。
這可是祕密喔……
（悄悄話……）

啊！！！！
我懂了。

我現在要走了～～！

太好了……

留下來和我們一起嘛！

外面不是很辛苦嗎？

你要走嚜？

隨時再回來玩喔～

慢走～外面的 WORRY。

我還有事要處理。

我會再來玩的～～

雖然是我自己的內心，但真的搞不懂的時候，
還有不想搞懂的時候，其實很多。

「這時間聯絡對方的話，100% 會後悔。
WORRY 的內心是留戀，不是愛。嗶嗶嗶 ── 」
「必須將今天從組長嘴裡吐出來的粗言穢語當作耳邊風。
存下來的話，只會讓 WORRY 難受而已。嗶嗶嗶 ── 」

人工智能 WORRY

「你現在的內心是這樣子！這個是這樣，那個是那樣！」
擁有可以這樣清楚說明的人工智能感應器
自然是再好不過了。

「你現在正在度過不安與煎熬的時期。
一星期後就會有超強的好運降臨。」
「對人際關係抱持懷疑的態度嗎？看起來很累喔？
朋友們有點擔心你。這種時候，你可以試試看這麼做！」
「自己一個人覺得力不從心吧？
我幫你寫一張符咒。好好收在皮包裡。」

仙姑 WORRY

當然也希望是能夠為我未卜先知將來的神力 WORRY。
內心期盼那些我必須選擇的答案，
通通猶如神賜般從天而降。

原本以為我只要苦撐著絞盡腦汁，
就能找到正確答案。
基於對「無法逆轉」的恐懼，
所以真的不想犯一點錯誤。

只是，活在當下的我
根本不可能每一分、
每一秒都能選出正確答案。

只因這個世界有數之不盡的事，
都得靜待經過了足夠的時間後，
才得以明白何謂「正確答案」。

現在，為了好好看清楚自己的內心，
好像是時候撢一撢灰塵了。

如果撢一撢堆得像灰塵一樣的老舊情緒，
是否就能將自己內心的情緒看得通透呢？
如此一來，是否就能無事一身輕地
展開全新人生呢？

怎麼可能！

我到時候一定又會發現無數的瑕疵吧。
儘管如此，也唯有擁有這種程度的瑕疵，才夠人性化啊！
如果努力嘗試去愛自己的每一個瑕疵，
那麼當發現任何人的瑕疵時，
我自然也懂得用充滿關愛的眼神看待他們了！
這樣才是真正的人性！

因為我已經在內在世界親手創造了無數個會幫助我的「我們」。
只要偶爾能和一路走來的那些我一起分擔重擔，
所有莫名其妙被背後捅一刀、焦慮不安的日子，
都能像喘口氣般一笑而過。

支撐著我的那些日子

再怎麼煩惱也找不到答案的原因，
正是因為這不是煩惱就能解開的答案啊！
真正的答案通常都藏在意想不到的地方，不是嗎？

有時，一杯沁涼的啤酒就是正確答案；
有時，去散步一趟回來之後
就會找到正確答案。

為了發現全新的自我，
不如就從明天開始學吉他吧？

嗯，或者是……

呼呼大睡～～～～

那個，WORRY 啊……如果是真的為了我，

就不要把那些別人說過的不好的話，
如同烙印般牢記，然後通通放進內心。
（戴著令人毛骨悚然的面具，說出責難的話語，其實是很消耗
能量的。）

我倒是很想聽聽外面世界的有趣冒險故事。
失敗的經歷也好，做出愚蠢決定的幕後花絮也好，
只要是你的真實心聲，什麼都好。

直到你就算不看他人臉色也不會成為混帳的那一天，
我都會好好守護著你的內心世界，所以不要著急。

即使在肉眼無法看見的時候，你也正在一點一滴地成長著。
你可以在那些煎熬、難受的日子裡想起我，
然後一天天過得快樂些，好嗎？

從現在開始，
好好相信我們，
然後你要像在玩尋寶遊戲一樣
興高采烈地活著！

希望在無數個好想消失的日子之中,
今天會是快樂的一天!

K原創 021

好想消失的日子（新增彩蛋版）

作　　者｜金鎮率（Nina Kim）

譯　　者｜王品涵

出版者｜大田出版有限公司
　　　　台北市一〇四四五中山北路二段二十六巷二號二樓
E-mail｜titan@morningstar.com.tw http：//www.titan3.com.tw
編輯部專線｜(02) 2562-1383 傳真：(02) 2581-8761

總　編　輯｜莊培園
副總編輯｜蔡鳳儀
編輯助理｜郭家妤
行銷編輯｜張筠和
行政編輯｜鄭鈺澐
校　　對｜金文蕙／王品涵／黃薇霓
內頁美術｜陳柔含

初　刷｜二〇二三年五月一日 定價：四五〇元
二　刷｜二〇二三年七月二十五日

網路書店｜http://www.morningstar.com.tw（晨星網路書店）
TEL：04-23595819 FAX：04-23595493
購書Email｜service@morningstar.com.tw
郵政劃撥｜15060393（知己圖書股份有限公司）
印　　刷｜上好印刷股份有限公司
國際書碼｜978-986-179-801-1 CIP：826.6/112002266

① 填回函雙重禮
　立即送購書優惠券
② 抽獎小禮物

國家圖書館出版品預行編目資料

好想消失的日子（新增彩蛋版）／金鎮率著.
；王品涵譯. ──初版──臺北市：大田，
2023.05
面；公分.──（K原創；021）

ISBN 978-986-179-801-1（平裝）

826.6　　　　　　　　　　112002266

사라지고 싶은 날
Copyright 2021© by 니나킴 金鎮率
All rights reserved.
Complex Chinese copyright ⓒ 2023 by Titan
Publishing Co.,Ltd
Complex Chinese language edition arranged with
COLLABOBOOK
through
連亞國際文化傳播公司 (yeona1230@naver.com)